DRAGONES

MANUAL DE INSTRUCCIONES

Texto:

Alice BRIÈRE-HAQUET

Ilustraciones:

Mélanie ALLAG

Picarona

¿Has adoptado un dragoncito?
¡Felicidades!
Vamos a ver, en 10 lecciones,
cómo criarlo fuerte y sano.

Lección 1

¿CÓMO ESCOGERLO?

Prudente serás
cuando lo vayas a comprar:
comprueba garras, dientes, malos humos...
Si te ve y se pone a ronronear,
¡sal corriendo que te van a estafar!

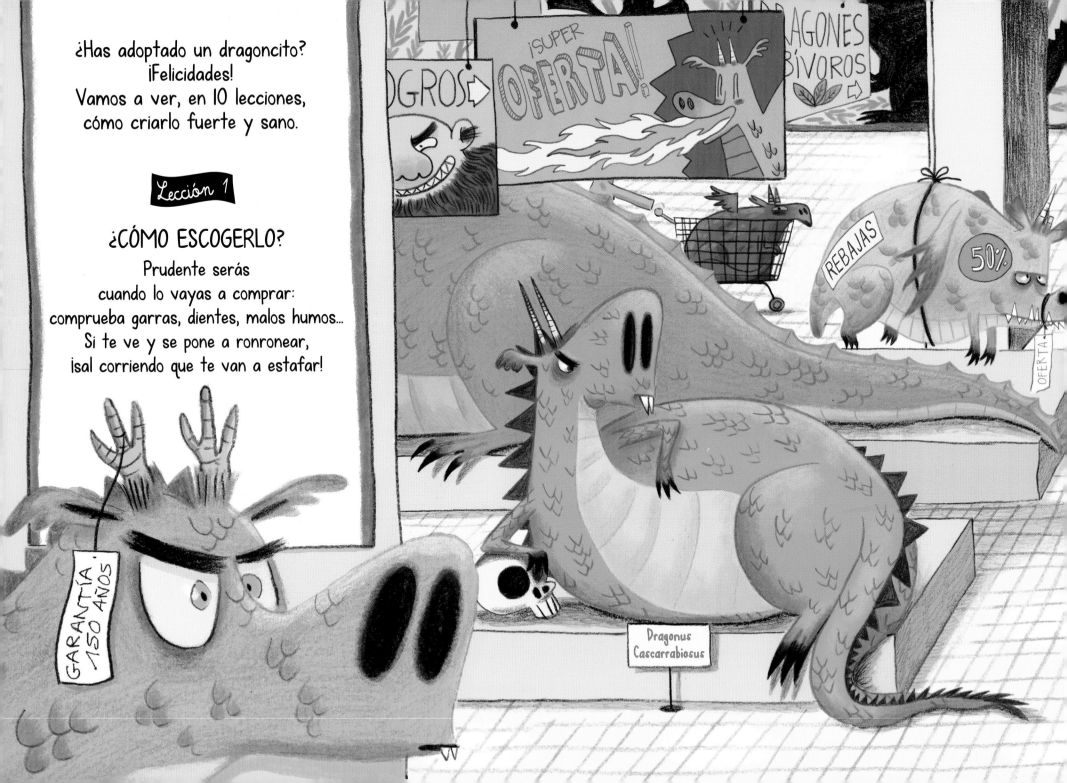

Lección 2

¿CÓMO ALIMENTARLO?
Para almorzar y para cenar
princesa o caballero tendrás que estofar;
si no tienes uno a mano
puedes guisarle a tu hermano.

Lección 3

¿CÓMO VESTIRLO?

Los dragones son muy frioleros,
o les tejes una bufanda
o te gastas el dinero.
Y nada de florecitas
ni adornos de corazones,
que te asan de un soplido
sin atender a razones.

Lección 4

¿CÓMO LAVARLO?

Un dragón no se lava ni de casualidad,
quieren costras, peste y mucha suciedad.
Si junto a él quieres ser feliz
cómprate pinzas para la nariz.

¿CÓMO ENTRETENERLO?
Si tu dragón se agobia,
podría chamuscar hasta a tu novia.
No lo dejes solo en casa,
ni siquiera atado en la terraza.

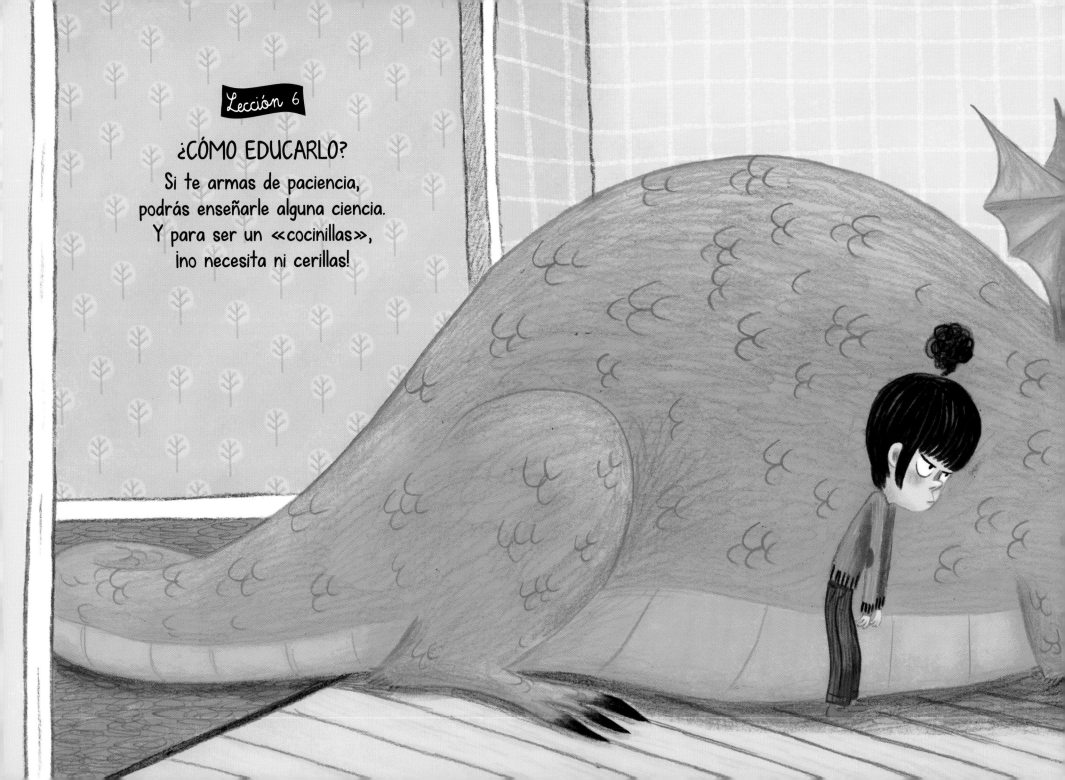

Lección 6

¿CÓMO EDUCARLO?

Si te armas de paciencia,
podrás enseñarle alguna ciencia.
Y para ser un «cocinillas»,
¡no necesita ni cerillas!

Lección 7

¿CÓMO INSTALARLO?

Tu dragón no es complicado.
Está a gusto en cualquier lado,
con una condición que te diré ahora:
rodéalo de espinas y zarzamora.

Lección 8

¿CÓMO ACOSTARLO?

La soledad no es su vocación:
deja que duerma en tu habitación.
¡Pero un extintor deberás agarrar
por si se pone a roncar!

¿CÓMO REPRODUCIRLOS?

Atención: hay un decreto
digno de mucho respeto,
que un solo dragón en un cuento cuadre
¡porqué más sería un desmadre!

Lección 10

¿Y EN CASO DE CRISIS?

¿Tu dragón se ha vuelto loco?
¿Se ha puesto ya muy guerrero?
¡Llama pronto a un caballero!

Y si bien sabes negociar,
todo el año podrás disfrutar
de un picadillo asado
¡con saborcillo ahumado!

GALERÍA de DRAGONES

Dragón GÓNDOLO

AUTÉNTICA RAZA ITALIANA. ADORA LOS HELADOS Y LOS TURISTAS.

Canta en falsete

Excelente flotabilidad

Dragón LONG

EL PREFERIDO DE LOS CHINOS, AUNQUE NO TIENE ALAS, LUCE UN MAGNÍFICO BIGOTE.

Si te cruzas con uno ¡pide un deseo!